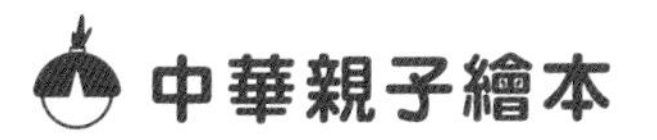

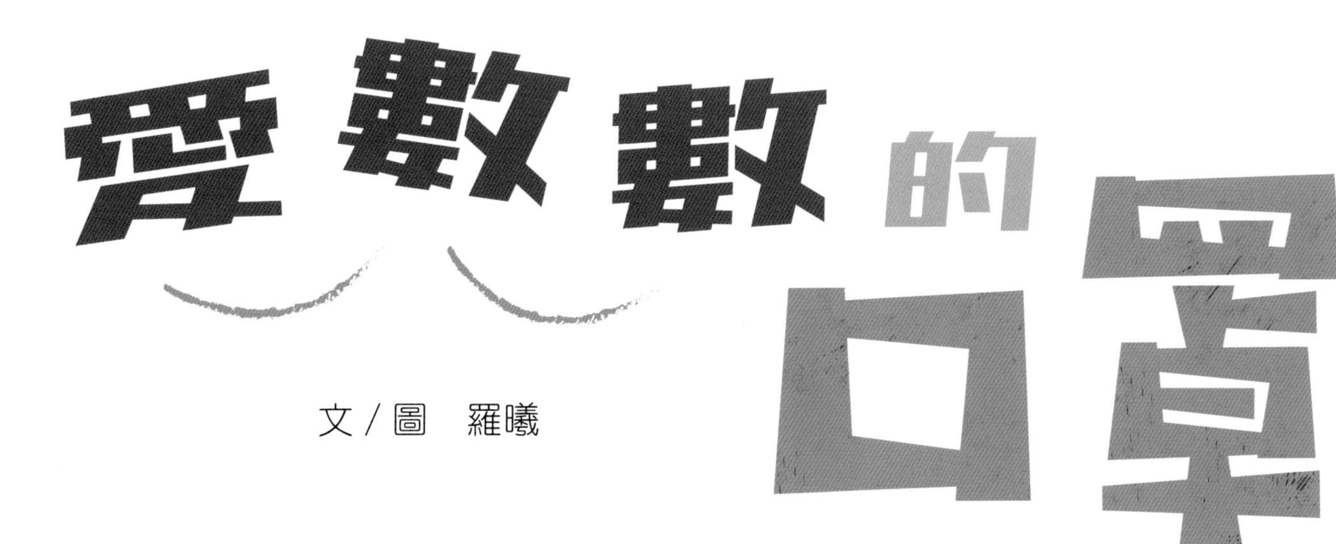

文／圖　羅曦

中華教育

健康藥店裏有一個愛數數的口罩，
它喜歡看着來來往往的顧客，
數着來來去去的買賣。

不知道從哪一天開始，
它發現來藥店買口罩的人一天比一天多，

「一個，兩個，三個……二十七個……」

買口罩的人越來越多，簡直像天上的星星那麼多，數也數不清。
它這麼想的時候，就被營業員遞給了一位年輕的爸爸。

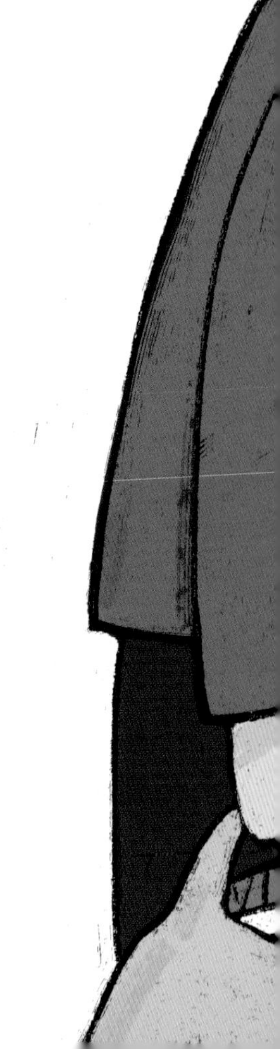

10:00

這個口罩來到了一個新家，知道了很多很多事。
比如說**為甚麼會有那麼多人買口罩，**
比如說**新出現了一種很厲害的病毒，**
比如說**它可以幫助人們抵擋病毒**……

疫情動態
肺炎知識
個人防護
醫療保險
口罩預約
心理諮詢
門診查詢

它知道了一件更重要的事——
它是一個防護級別很高的 **N95 口罩**。
這讓它變得驕傲起來。

「我這樣的口罩，全家只有一個！連爸爸出門的時候都捨不得戴，這可是無上的榮耀呀！」
這個口罩甚至有點自大起來。

7

聽說疫區物資緊張，這個城市的居民自發地捐贈了很多防疫物品，

「一箱，兩箱，三箱……」

為了對抗疫情，

醫生、護士、志願者們紛紛行動起來，連夜出征。

爸爸也出發了，他說自己是醫務工作者，必須去最需要他的地方。
臨別時，小男孩把這個口罩送給了爸爸，希望它能幫助爸爸打敗病毒，平安回家。

愛數數的口罩看看小男孩，又看了看爸爸……

來自各地的無數口罩、防護服等救援物資，也都被裝上了車……

捐贈物資

它們載着祝福和希望飛向疫情最重的地方……

這個口罩被爸爸裝進了貼身衣服的口袋裏，
現在，它甚麼也看不見了，
只聽見爸爸的心跳聲、飛機的轟鳴聲……

「一分鐘，兩分鐘，三分鐘……」

數着數着，愛數數的口罩睡着了。

不知道過了多久，它被汽車的喇叭聲吵醒——
它和爸爸來到了需要支援的醫院。

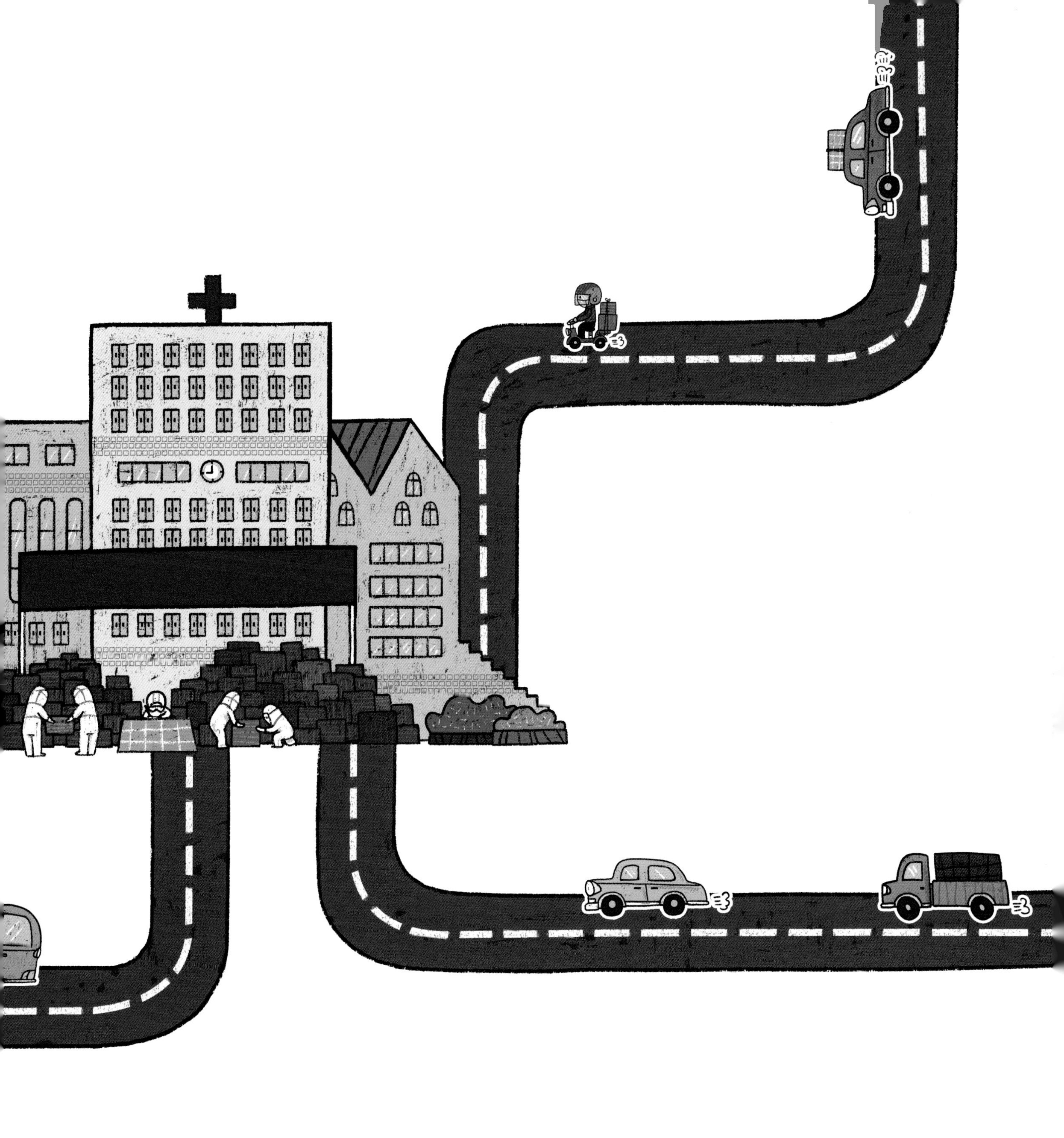

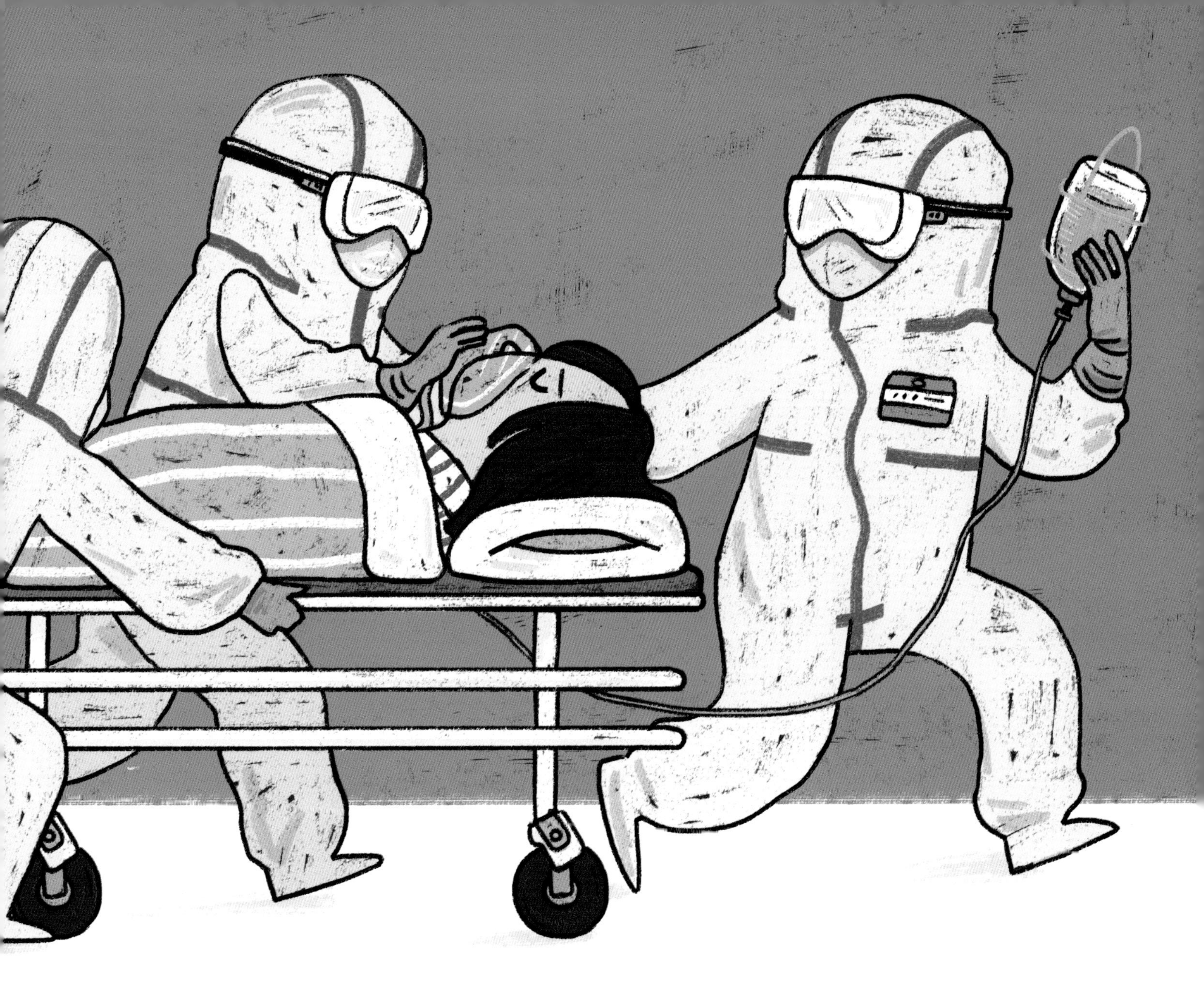

所有的人都在忙忙碌碌，爸爸穿上了防護服。這個口罩被爸爸從口袋裏拿出來，
可爸爸沒有戴上它，而是選擇了一個一次性醫用口罩。
它覺得自己似乎被人遺忘了，於是忍不住想道：
「可真無聊呀！甚麼時候能出去看一看就好了！」

它的願望很快就實現了。這一天，爸爸拿出了這個珍貴的口罩，仔細看了看它，把這個口罩連同一本書，都送給了一個躺在病牀上的男孩，這個孩子和爸爸的孩子年紀差不多。

618

這個男孩看了看這個口罩，小心翼翼地把它收了起來。

「一滴，兩滴……十五滴……三十七滴……」

這個口罩忍不住數起了男孩掛着的點滴，可數着數着它又數不清了。

不過，它能感覺到，男孩的精神正在慢慢地好起來。

今天，有一位醫生來給這個男孩做最後一次檢查。

「叔叔，謝謝你們！我馬上就要出院了。這個口罩是一位醫生叔叔送給我的。可我想，你們比我更需要它。因為你們還要幫助很多很多病人。」男孩說。

「你們比我更需要它……你們還要幫助很多很多病人……」這個口罩默默地唸着。

過了今天，自己再也不能見到這個堅強的孩子，再也不能快樂地數數了。

但它的心裏卻升起一種奇妙的情感，
這讓它感覺興奮並無比榮耀。

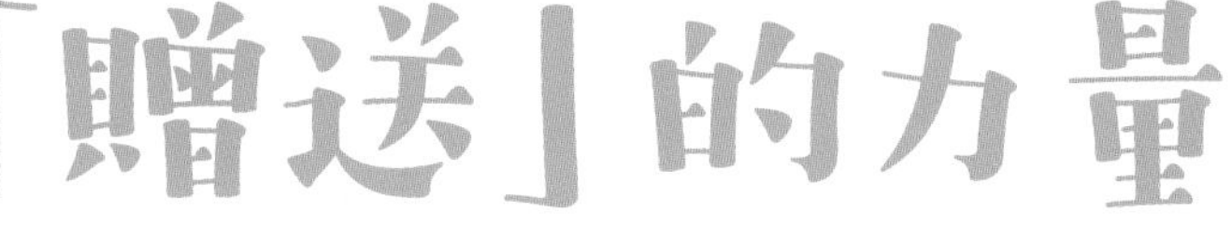

「贈送」的力量

吳巍瑩 副教授
江蘇第二師範學院學前教育學院

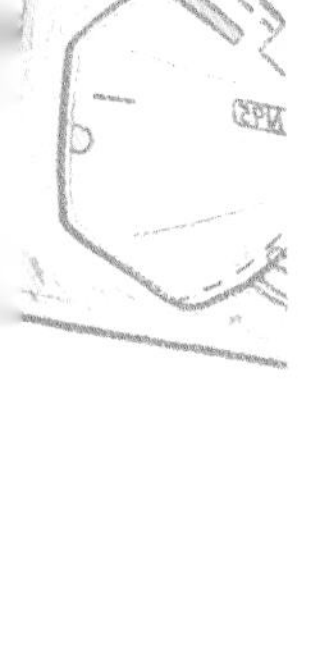

這是個關於分享和奉獻的故事。2020 年的春天是非同尋常的。我們經歷了隔離，體驗了假期的延長，目睹了醫務人員馳援武漢的壯舉……我們的心情也像坐過山車一樣起起伏伏：緊張、焦慮、盼望、期待、自豪……

孩子們也一樣在經歷和感受，他們透過媒體，通過和爸爸媽媽的交談，對健康、英雄、責任、奉獻有了直觀的認識和體驗，建構了屬於他們的意義。

通過一個 N95 口罩的眼睛，繪本展現了疫情期間人們的所作所為，以「贈送」為主軸串聯起情節的發展脈絡，整個故事共出現了四次「贈送」的場景，每一次贈送都讓口罩感受到了不同，最終，這個口罩對「奉獻、自我、他人和快樂」的關係有了全新的認識。

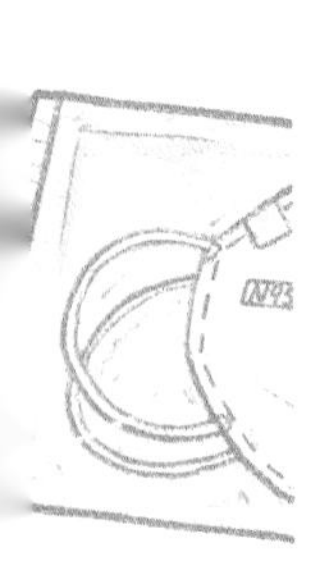

起初，口罩最開心的事情就是數數，此時的口罩像很多同齡的孩子一樣，滿足了自我就獲得了快樂。

隨着對人們購買口罩目的的認識，它也被爸爸帶入了小區，這時它遇到了第一次的「贈送」：小區的居民自發地捐了很多防疫物品。也許此時的口罩還難以體會「一方有難，八方支援」的精神，但是獲得了對「幫助和團結」的直觀認識。

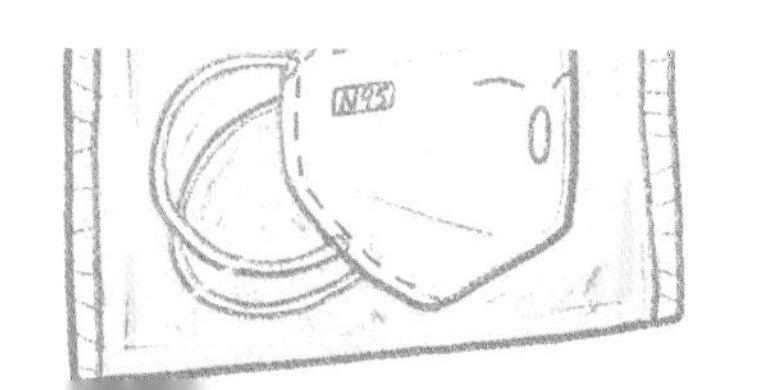

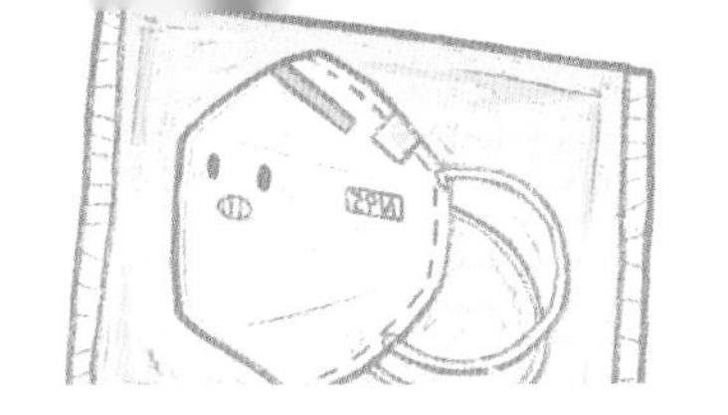

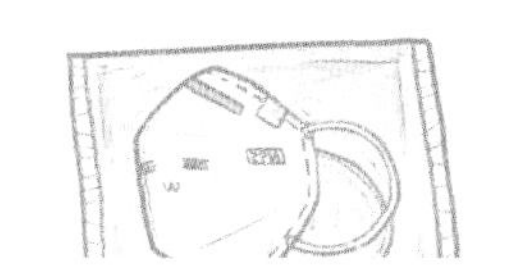

第二次的「贈送」發生在小男孩家中，小男孩將家中唯一的「N95 口罩」送給將要去支援疫情嚴重地區的爸爸。這時，口罩的內心有了一些變化。它看到了父子分離的不捨，也看到了小男孩對爸爸的關心、理解和支持。

第三次的「贈送」發生在醫院，爸爸將口罩夾在書中送給了小病人。這個口罩看到了「贈送」的結果：在書和口罩的陪伴下，小病人逐漸康復了。這裏的贈送是責任、無私、鼓勵和力量。

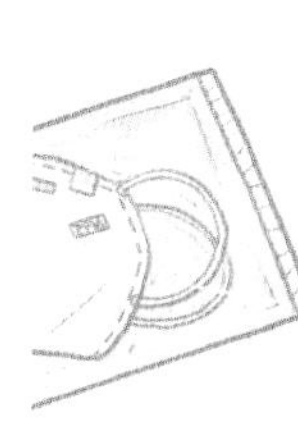

最後一次的「贈送」是小病人在康復後的回贈。「叔叔，謝謝你們」，是感恩；「你們比我更需要它。因為你們還要幫助很多很多病人」，是正能量的傳遞。孩子的成長從來不是單方面進行，而是在和環境的互動中發生着靜悄悄的變化。小口罩在目睹了一次又一次「贈送」之後，從自我轉向了他人，建構了「奉獻」的意義：即使失去自我的愛好，成就他人也是一種快樂和榮耀。

四次贈送就像四次旅行，講述着「贈人玫瑰，手留餘香」的美妙，豐富着「贈送」的涵義。

這四次贈送也為我們和孩子的共讀生活提供了「趣味」的生長點。可以和孩子一起手繪一張小口罩的旅行圖，也可以在此基礎上加入病毒、醫生、防護服等元素，再糅合「疫情防護措施」，設計飛行棋，在進進退退之間讓孩子享受「另類的閱讀」。

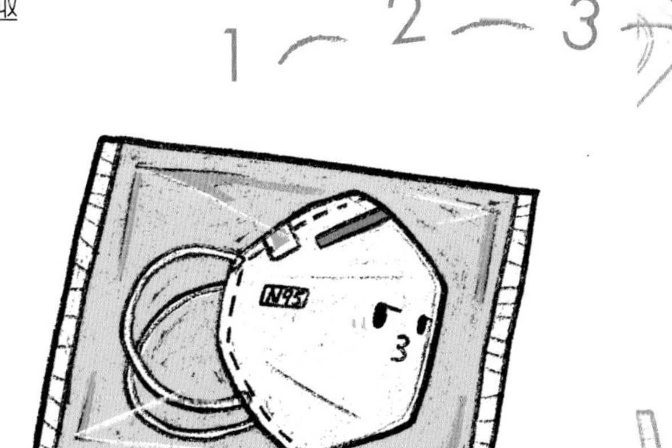

「春水滿江南，三月多芳草」，雖然這個春天我們很難見證芳草的成長過程，但是我們見證了孩子在特殊時期的成長，溫暖而幸福。

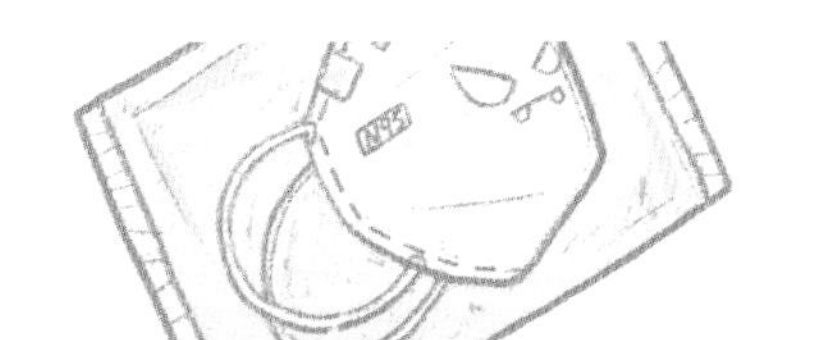

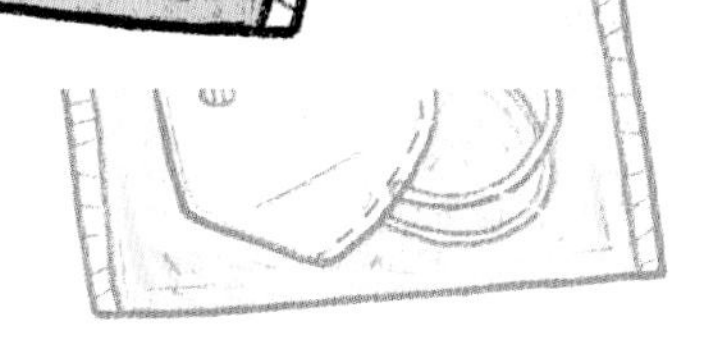

◎責任編輯：劉萄諾
◎裝幀設計：鄧佩儀
◎排版設計：鄧佩儀
◎印　　務：劉漢舉

中華親子繪本

愛數數的口罩

文／圖　羅曦

出版｜中華教育
香港北角英皇道 499 號北角工業大廈 1 樓 B 室
電話：(852) 2137 2338　傳真：(852) 2713 8202
電子郵件：info@chunghwabook.com.hk
網址：http://www.chunghwabook.com.hk

發行｜香港聯合書刊物流有限公司
香港新界荃灣德士古道 220-248 號荃灣工業中心 16 樓
電話：(852) 2150 2100　傳真：(852) 2407 3062
電子郵件：info@suplogistics.com.hk

印刷｜美雅印刷製本有限公司
香港觀塘榮業街 6 號海濱工業大廈 4 字樓 A 室

版次｜2022 年 4 月第 1 版第 1 次印刷

規格｜16 開 (230mm x 230mm)

ISBN｜978-988-8760-46-6